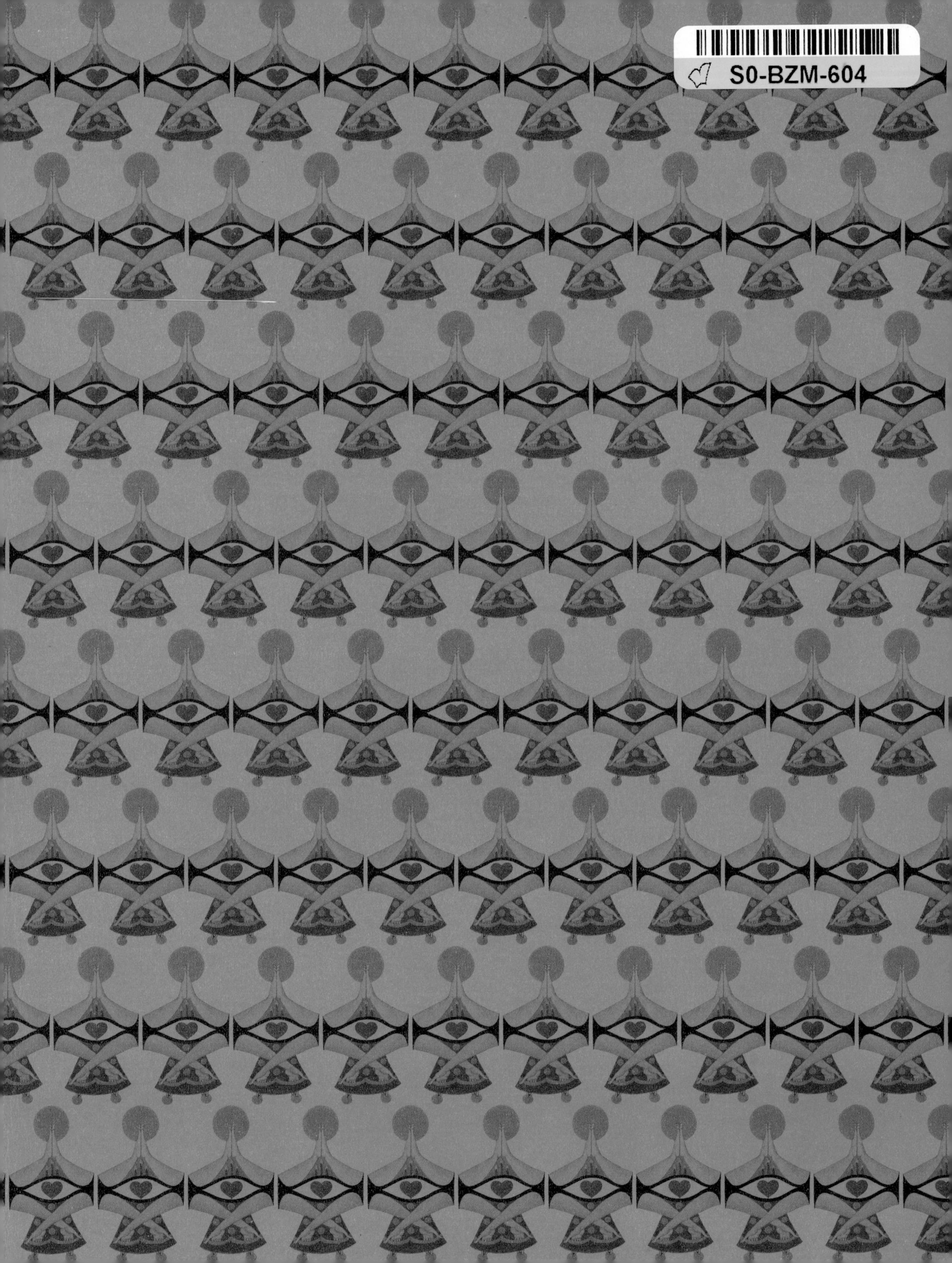
S0-BZM-604

GRIDLEY STREET SCHOOL

Este libro pertenece a:

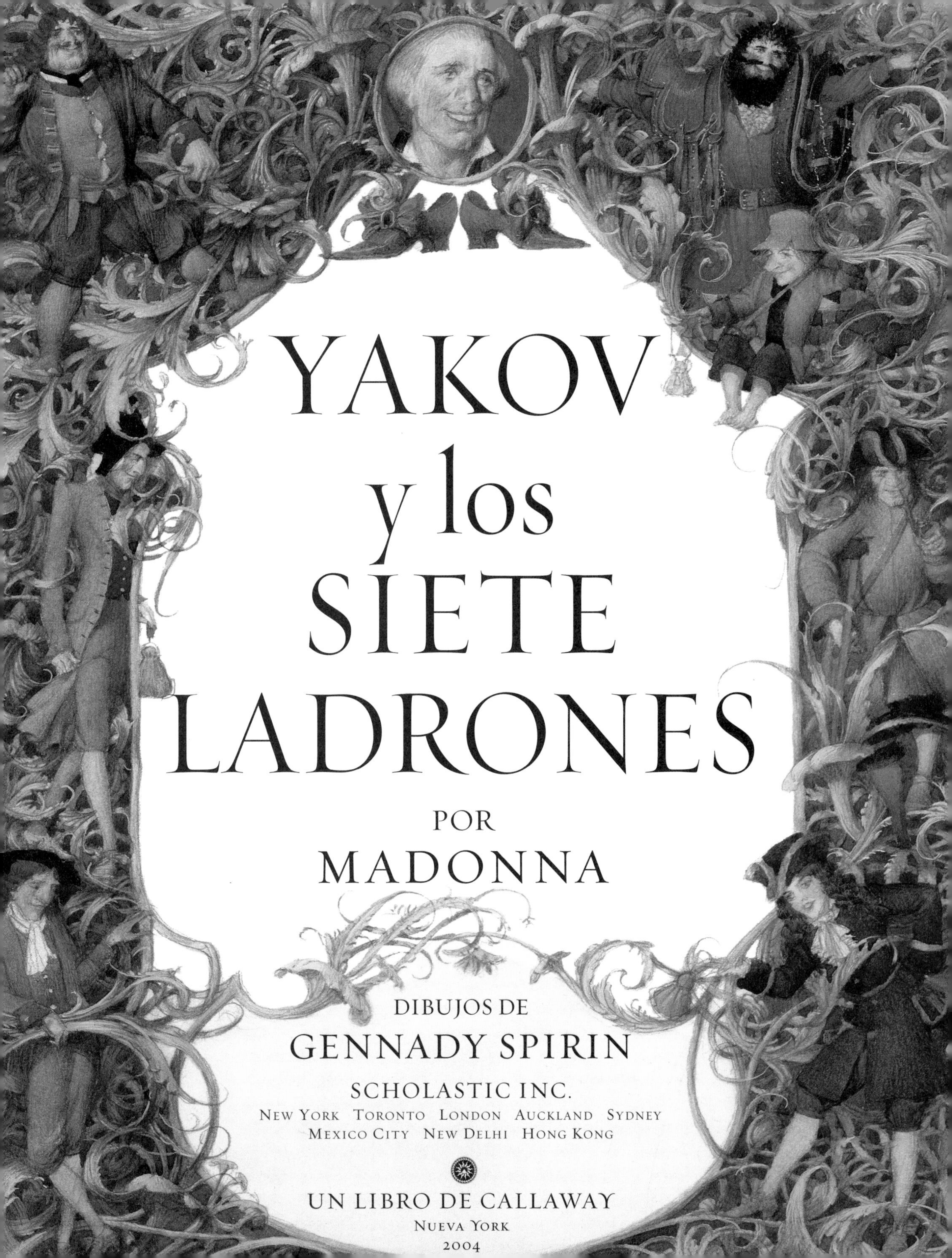

YAKOV y los SIETE LADRONES

POR

MADONNA

DIBUJOS DE

GENNADY SPIRIN

SCHOLASTIC INC.

New York Toronto London Auckland Sydney
Mexico City New Delhi Hong Kong

UN LIBRO DE CALLAWAY

Nueva York

2004

Este libro está dedicado a todos
los niños traviesos del mundo.

ÉRASE QUE SE ERA UN ZAPATERO llamado Yakov que vivía en un pueblecito muy pequeño escondido entre dos montañas. Desde la ventana de su taller, podía admirar la belleza natural que lo rodeaba: los bosques mágicos, los riachuelos transparentes y, a lo lejos, las majestuosas montañas coronadas de nieve que se alzaban ante él.

Yakov tenía un hijito llamado Mijaíl. Se encontraba tan enfermo que no podía levantarse de la cama y, de tan débil que estaba, no podía moverse ni hablar. Yakov y su esposa Olga habían pasado todo un año hablando con médicos y buscando una cura, pero la enfermedad de su hijo seguía siendo un misterio. Yakov comprendió que no le quedaba más remedio que ocuparse él mismo de su hijo.

Se arrodilló junto a la cama de su hijo y, secándole el sudor de la frente, lo reconfortó diciendo:

—No te preocupes, hijo mío. Todo va a ir bien, ya lo verás.

Mijaíl estaba demasiado enfermo como para contestar. La madre del muchacho alzó la mirada, con lágrimas en los ojos, y se fue rápidamente de la habitación para que su hijo no la viera llorar. Yakov siguió a su esposa y la encontró detrás de la puerta, llorando.

—No debemos rendirnos tan fácilmente —dijo, secando las lágrimas de la cara de su esposa.

Olga ya no podía soportar más ver sufrir a su hijo.

—Se nos va de este mundo —dijo con gran tristeza en su voz—. Lo veo en sus ojos.

Aunque Yakov sabía que no faltaba verdad en esas palabras, se negaba a perder la esperanza.

—Es un muchacho fuerte —dijo Yakov, intentando animarla.

—Por fuerte que sea, eso no basta. Solo un milagro puede salvarlo ya —respondió su esposa.

Y tenía razón.

—Debes pedir consejo al viejo sabio que vive en la casa más lejana de la parte más apartada del pueblo —le propuso Olga—. La gente dice que habla con los ángeles y que puede obrar milagros.

—¡Pero si no lo conocemos! —respondió Yakov.

—Llama a su puerta y ofrécele dinero —propuso Olga—. Cuando sepa que Mijaíl es nuestro único hijo, se apiadará de nosotros.

Así pues, Yakov reunió todo el dinero que tenían y se fue a visitar al viejo sabio que vivía en la casa más lejana de la parte más apartada del pueblo.

Cuando Yakov llegó allí, llamó a la puerta y un jovencito, no mucho mayor que Mijaíl, acudió a abrirla.

—Hola —dijo el muchacho, mirándolo con sus grandes ojos verdes—. Me llamo Pavel.

—Hola, Pavel. ¿Está tu padre en casa? —preguntó Yakov.

—No, pero mi abuelo sí —contestó Pavel—. ¿Quién le digo que quiere verle?

—Soy Yakov, el zapatero. Él no me conoce, pero tengo que hablar con él urgentemente.

Una voz amable se oyó detrás del hombro de Pavel.

—Entra, Yakov, y ven a comer dátiles conmigo —dijo el anciano.

Yakov se sintió aliviado al ver que la cara del anciano era tan amable como su voz. Se quitó el sombrero y entró en la casa.

El anciano notó el tono de preocupación en la voz de Yakov y quiso tranquilizarlo:

—Vamos, siéntate y dime qué es lo que te angustia.

Yakov se sentó en una de las cómodas sillas y le contó al viejo sabio lo que le pasaba a su único hijo: lo enfermo que estaba, lo mucho que habían buscado una cura sin encontrarla, y la sensación que tenía de que el Ángel de la Muerte sobrevolaba la cama de su hijo. Cuando Yakov terminó de hablar, el anciano cerró los ojos y se quedó callado.

Yakov no se movió. Ni siquiera respiró. Lo que hizo fue esperar la respuesta, con esperanza en el corazón.

Al cabo de un rato, el anciano dijo:

—Veré qué puedo hacer.

—Yo no soy rico —dijo Yakov—, pero todo lo que tengo será suyo, y se lo daré gustosamente.

Yakov abrió su bolsa de piel para sacar todas las monedas y billetes que contenía, pero el viejo rechazó con la mano la oferta de Yakov.

—Eso no será necesario —dijo el anciano—, pero si todo sale bien, mi nieto Pavel aceptaría agradecido un par de zapatos nuevos.

—¡Gracias! —exclamó Yakov—. ¡Muchísimas gracias!

El anciano se daba cuenta de que Yakov seguía angustiado por la tristeza y la preocupación, y de nuevo intentó tranquilizarlo.

—Esta noche rezaré y veremos qué me dicen los ángeles. Ahora, vuelve a casa y procura descansar un poco. Ya hablaremos mañana por la mañana.

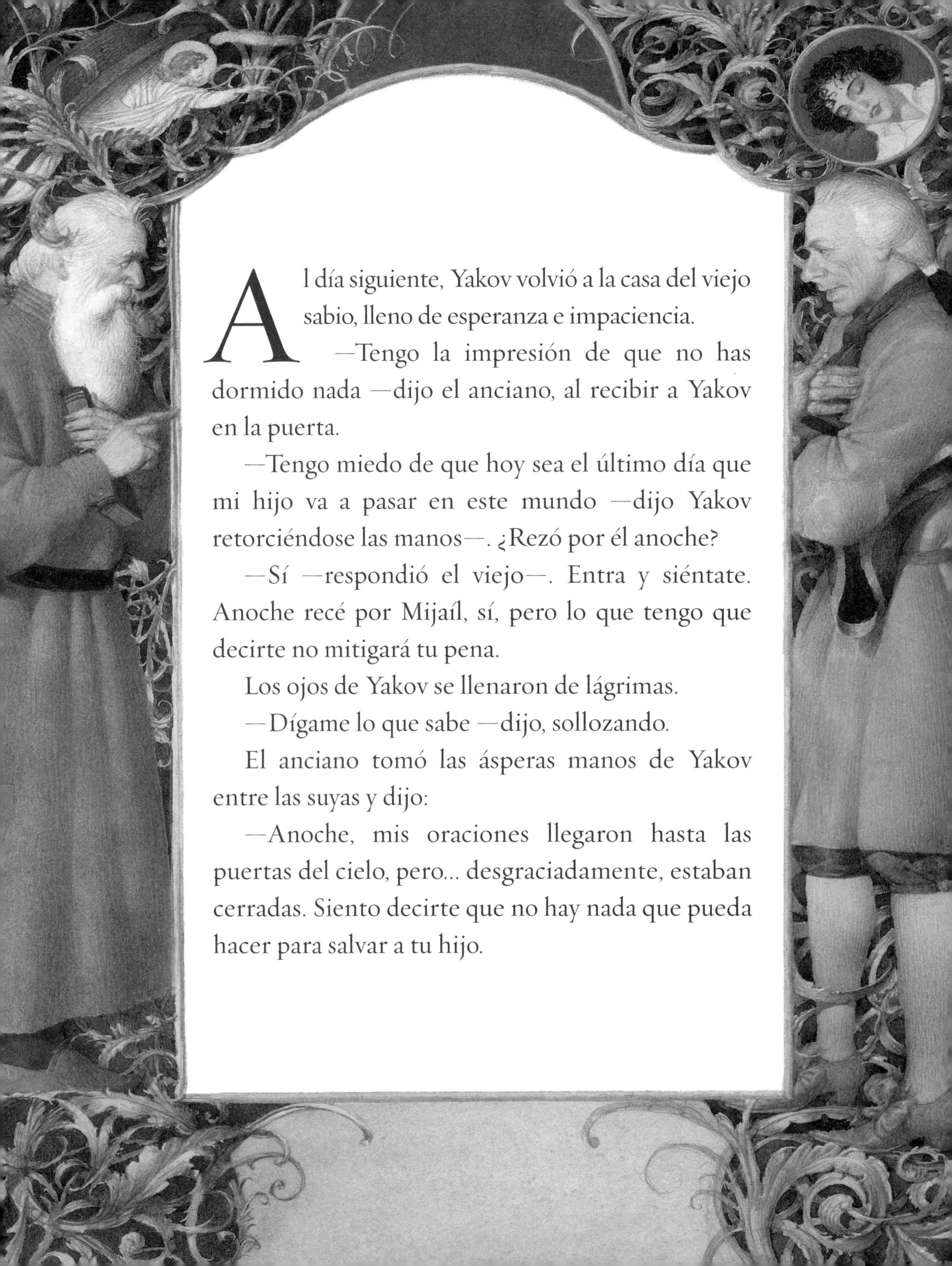

Al día siguiente, Yakov volvió a la casa del viejo sabio, lleno de esperanza e impaciencia.

—Tengo la impresión de que no has dormido nada —dijo el anciano, al recibir a Yakov en la puerta.

—Tengo miedo de que hoy sea el último día que mi hijo va a pasar en este mundo —dijo Yakov retorciéndose las manos—. ¿Rezó por él anoche?

—Sí —respondió el viejo—. Entra y siéntate. Anoche recé por Mijaíl, sí, pero lo que tengo que decirte no mitigará tu pena.

Los ojos de Yakov se llenaron de lágrimas.

—Dígame lo que sabe —dijo, sollozando.

El anciano tomó las ásperas manos de Yakov entre las suyas y dijo:

—Anoche, mis oraciones llegaron hasta las puertas del cielo, pero... desgraciadamente, estaban cerradas. Siento decirte que no hay nada que pueda hacer para salvar a tu hijo.

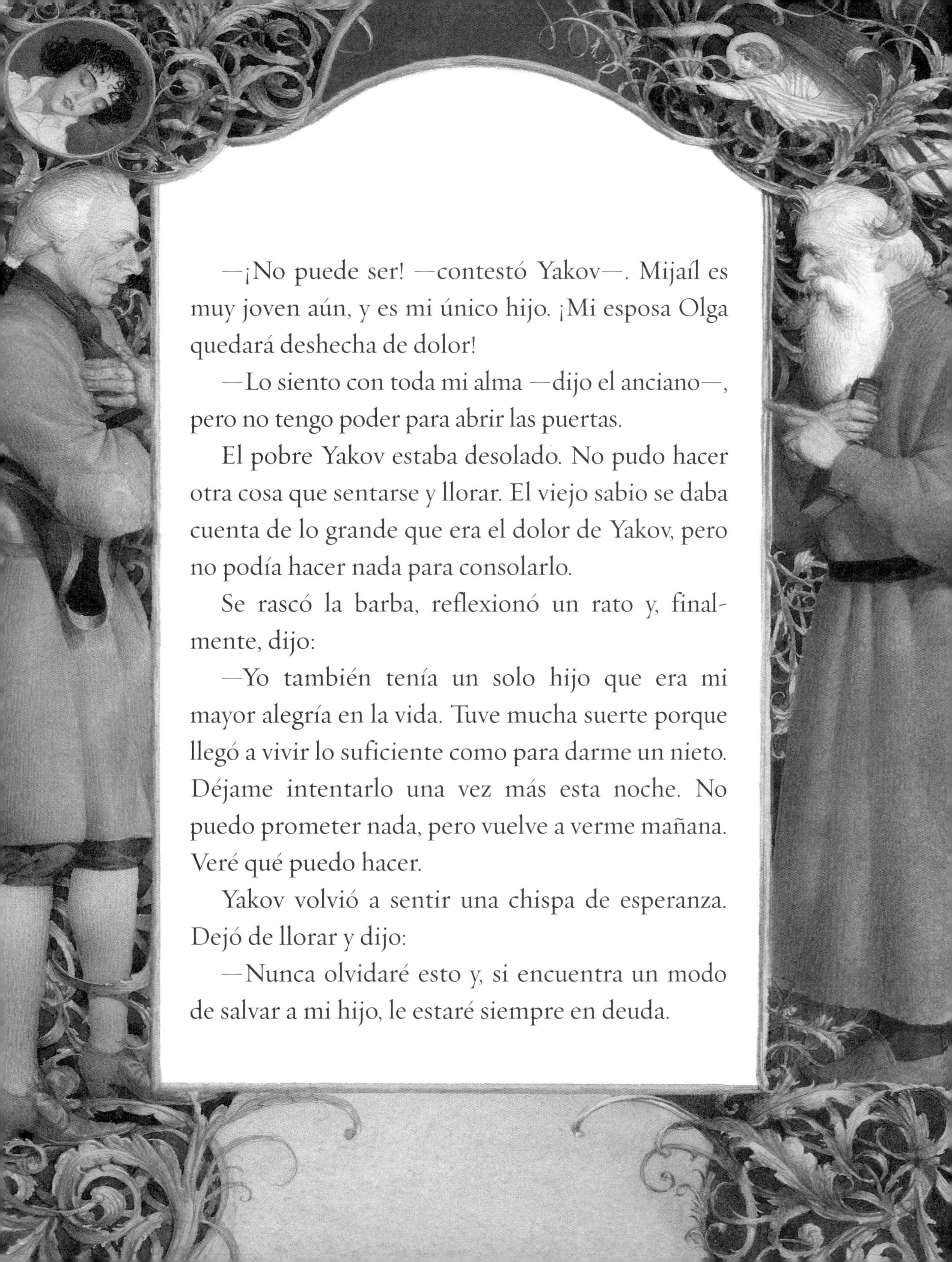

—¡No puede ser! —contestó Yakov—. Mijaíl es muy joven aún, y es mi único hijo. ¡Mi esposa Olga quedará deshecha de dolor!

—Lo siento con toda mi alma —dijo el anciano—, pero no tengo poder para abrir las puertas.

El pobre Yakov estaba desolado. No pudo hacer otra cosa que sentarse y llorar. El viejo sabio se daba cuenta de lo grande que era el dolor de Yakov, pero no podía hacer nada para consolarlo.

Se rascó la barba, reflexionó un rato y, finalmente, dijo:

—Yo también tenía un solo hijo que era mi mayor alegría en la vida. Tuve mucha suerte porque llegó a vivir lo suficiente como para darme un nieto. Déjame intentarlo una vez más esta noche. No puedo prometer nada, pero vuelve a verme mañana. Veré qué puedo hacer.

Yakov volvió a sentir una chispa de esperanza. Dejó de llorar y dijo:

—Nunca olvidaré esto y, si encuentra un modo de salvar a mi hijo, le estaré siempre en deuda.

Cuando Yakov se fue de la casa, el anciano llamó a su nieto para que acudiera a su lado y le encargó algo muy extraño.

—Quiero que vayas al pueblo y encuentres a todos los ladrones, bandidos y criminales que viven allí. Luego, quiero que los traigas aquí. Cuanto peores sean, mejor.

Los ojos verdes y grandes de Pavel se pusieron todavía más grandes.

—Pero abuelo —dijo—, ¿no va a ser peligroso?

El viejo sabio se llevó la mano al corazón y respondió:

—Debes confiar en mí.

Así pues, Pavel se fue al pueblo y reunió a todos los ladrones y bandidos que pudo encontrar. Le sorprendió lo fácil que fue dar con ellos y lo dispuestos que estaban a acompañarlo. Incluso a ellos les habían llegado rumores acerca del viejo sabio que vivía en la casa más lejana de la parte más apartada del pueblo. Ellos también habían oído que podía hablar con los ángeles y, precisamente por eso, nunca habían querido molestarlo.

Cuando los ladrones llegaron a la casa, el anciano los invitó a entrar y les ofreció asiento y algo para beber. Se acercó a ellos uno por uno por toda la habitación y les preguntó su nombre y especialidad.

Vladimir el Villano habló en primer lugar. Era alto, gordo y peludo. Dijo ser capaz de doblar el metal con las manos y de abrir agujeros en las paredes de piedra con los puños.

A continuación habló Sadko el Sutil. Era delgado como un palo y peligroso como una serpiente. No existía cerrojo que se le resistiera ni joya que no consiguiera llevarse.

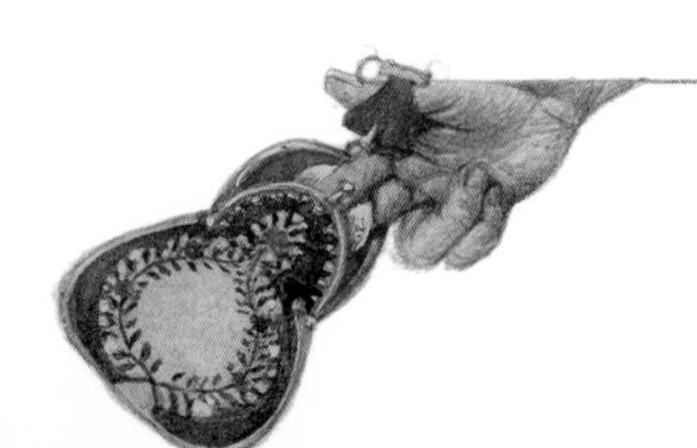

Luego estaba Boris el Enano Descalzo. Le gustaba correr por las calles robando por sorpresa las bolsas de las ancianas y los juguetes de los niños pequeños para quedárselos (pero resulta que le daba miedo la oscuridad y por eso solo robaba de día).

Y Pasha el Pestilente, especializado en llevarse, sin pagar, los caballos y las ovejas de los ganaderos. Al final empezó a oler igual que ellos (que los caballos y las ovejas, claro).

La siguiente de la lista era Petra la Pilla. Iba vestida como un chico, pero en realidad era una chica muy mala. Le encantaba contar largas historias acerca de cosas terribles que no habían pasado de verdad. Mientras su público escuchaba hechizado los cuentos que se inventaba, Petra deslizaba sus largos y delgados dedos en los bolsillos y se llevaba lo que encontraba allí. Metía los dedos en todos los sitios donde estaba mal meterlos, especialmente, en la nariz.

Después estaba Iván el Pirómano, que tenía una pata de palo y solía incendiar establos, trigales y a veces, sin querer, su propia pata.

Por último, cómo no, Igor el Tigre, que no estaba a la altura de su nombre. El peor crimen que había cometido en su vida fue el de pasarse el día sentado sin hacer nada de nada.

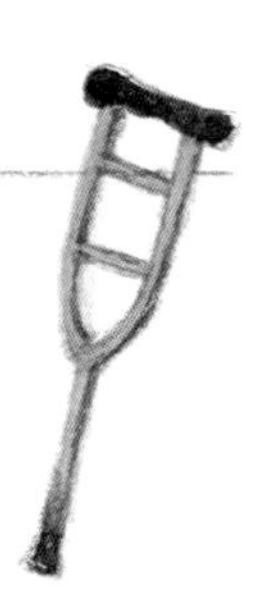

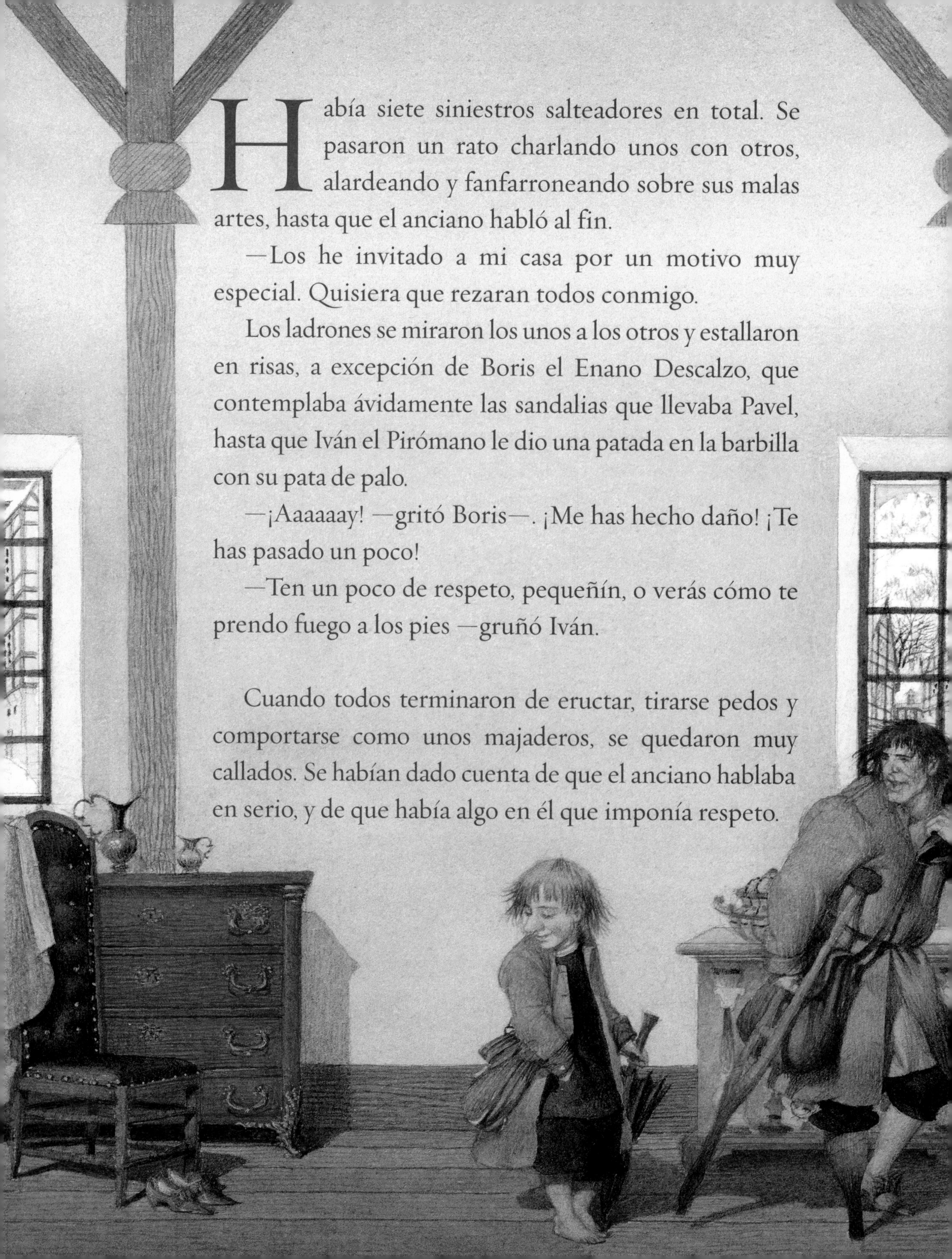

Había siete siniestros salteadores en total. Se pasaron un rato charlando unos con otros, alardeando y fanfarroneando sobre sus malas artes, hasta que el anciano habló al fin.

—Los he invitado a mi casa por un motivo muy especial. Quisiera que rezaran todos conmigo.

Los ladrones se miraron los unos a los otros y estallaron en risas, a excepción de Boris el Enano Descalzo, que contemplaba ávidamente las sandalias que llevaba Pavel, hasta que Iván el Pirómano le dio una patada en la barbilla con su pata de palo.

—¡Aaaaaay! —gritó Boris—. ¡Me has hecho daño! ¡Te has pasado un poco!

—Ten un poco de respeto, pequeñín, o verás cómo te prendo fuego a los pies —gruñó Iván.

Cuando todos terminaron de eructar, tirarse pedos y comportarse como unos majaderos, se quedaron muy callados. Se habían dado cuenta de que el anciano hablaba en serio, y de que había algo en él que imponía respeto.

—Les he pedido que vengan con un fin muy concreto —dijo—. El hijo único de Yakov, el zapatero, está muy, muy enfermo. Tanto, que tal vez muera esta noche, y necesita su ayuda. Quisiera que todos ustedes rezaran por él.

El anciano recorrió la habitación con la vista para mirar a cada uno de los ladrones a los ojos. Estaban fascinados por aquel misterioso viejo que podía hablar con los ángeles. ¿Sería un mago? ¿Podría hacer que sucedieran milagros? ¿Tendría poderes mágicos?

Nadie podía decirlo con certeza.

En cualquier caso, daba lo mismo, porque (aunque no sabrían hacer la O con un canuto) veían que el anciano era sincero.

Y entonces, ocurrió algo insólito: todos ellos cerraron los ojos y bajaron la cabeza para rezar.

Al día siguiente, nada más salir el sol, se oyó cómo golpeaban sin cesar la puerta del anciano.

—¡Ya voy! ¡Ya voy! —bostezó Pavel, saliendo torpemente de la cama y frotándose los ojos.

El anciano fue hacia la puerta justo detrás de él. Cuando la abrieron, allí estaba Yakov. No tuvo que decir ni una sola palabra porque su cara llena de alegría ya lo decía todo.

—Tengo la impresión de que has venido a darme buenas noticias —dijo el viejo—. ¡Qué alegría me da verte sonreír!

—¡Gracias! ¡Gracias! ¿Cómo podría agradecérselo? —exclamó Yakov—. Mi hijo tiene mejor aspecto que nunca. Es como si nunca hubiera estado enfermo. ¡Mi esposa y yo no podemos estar más contentos! ¡Siempre le estaremos agradecidos! ¡Es un milagro! ¡Se ha producido un milagro!

—Sí, desde luego que sí —dijo el anciano—. Ahora, vete a casa y descansa. Llevas días sin dormir.

Yakov se arrodilló y besó con delicadeza la mano del anciano. Entonces, ofreció a Pavel un magnífico par de zapatos tan verdes como los ojos del muchacho. Y, sin dar tiempo a Pavel para que le diera las gracias, Yakov tomó el camino de vuelta dando saltos de alegría.

El anciano se disponía ya a volver a la cama cuando Pavel le preguntó:

—¿Cómo es posible, abuelo? Tú eres bueno, puro y honrado, y las personas que traje ayer eran tramposas, mentirosas y ladronas. ¡Justo lo contrario que tú! ¿Por qué no pediste a personas mejores que ellos que vinieran a casa a rezar contigo y ayudarte a abrir las puertas del cielo?

Era una buena pregunta.

El anciano miró a Pavel con un brillo en los ojos y dijo:

—Siéntate, que te lo voy a explicar. Cuando la primera noche recé por el hijo de Yakov, llegué a las puertas del cielo, pero estaban cerradas y no había nada que yo pudiese hacer. A Yakov se le partió el corazón, y yo supe lo grande que era su dolor. ¿Cómo iba a rendirme? De pronto, tuve una idea, y entonces te pedí que reunieras a todos los granujas y ladrones del pueblo y los trajeras a casa para que rezaran conmigo.

—¿Y qué pasó entonces? —preguntó Pavel, que seguía sin

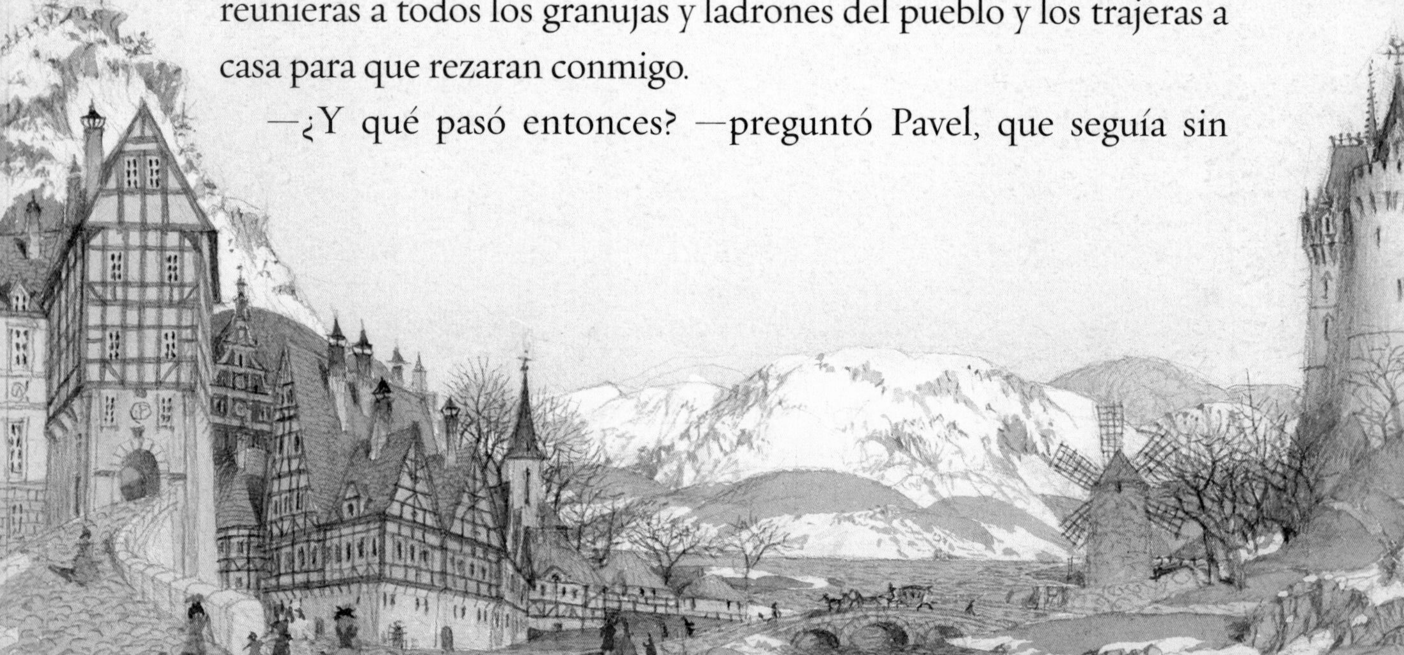

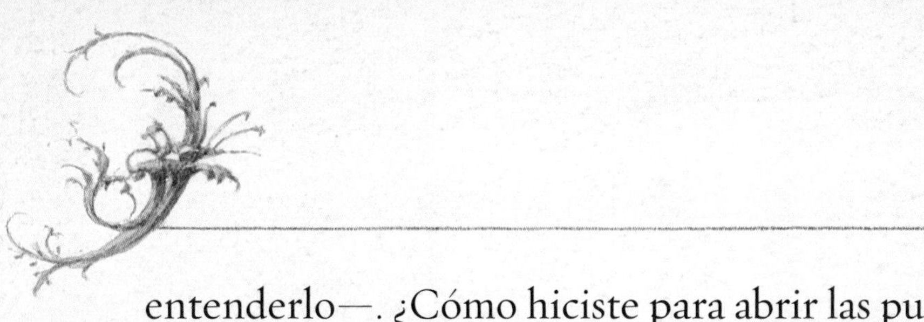

entenderlo—. ¿Cómo hiciste para abrir las puertas?

El anciano sonrió con la mayor de sus sonrisas y dijo:

—Cuando recé por segunda vez, contaba con la ayuda de una banda de ladrones. Un buen ladrón sabe cómo abrir cualquier puerta, mi pequeño Pavel. Pero esta vez, lo hicieron con oraciones, y sus plegarias fueron la llave que abrió las puertas. Mira —siguió hablando el anciano—, los ladrones representan todo lo malo, mezquino o egoísta que hay dentro de nosotros, las partes que debemos cambiar para poder ser felices. Si queremos que se produzcan milagros, tenemos que reconocer y asumir nuestros defectos. Y, cuando dejamos aparte nuestra mala conducta y ponemos el corazón en una buena obra, como hicieron los ladrones con sus oraciones, tenemos en nuestra mano la llave que abre las puertas del cielo. Y, cuando las abrimos, somos bendecidos con la prosperidad y la buena suerte.

—¡Ah, ya lo entiendo! —dijo Pavel, satisfecho.

El viejo sabio se puso en pie, bajó la vista hacia los pies descalzos de su nieto y dijo:

—Ahora, ponte tus zapatos nuevos. Yo voy a descansar un poco.

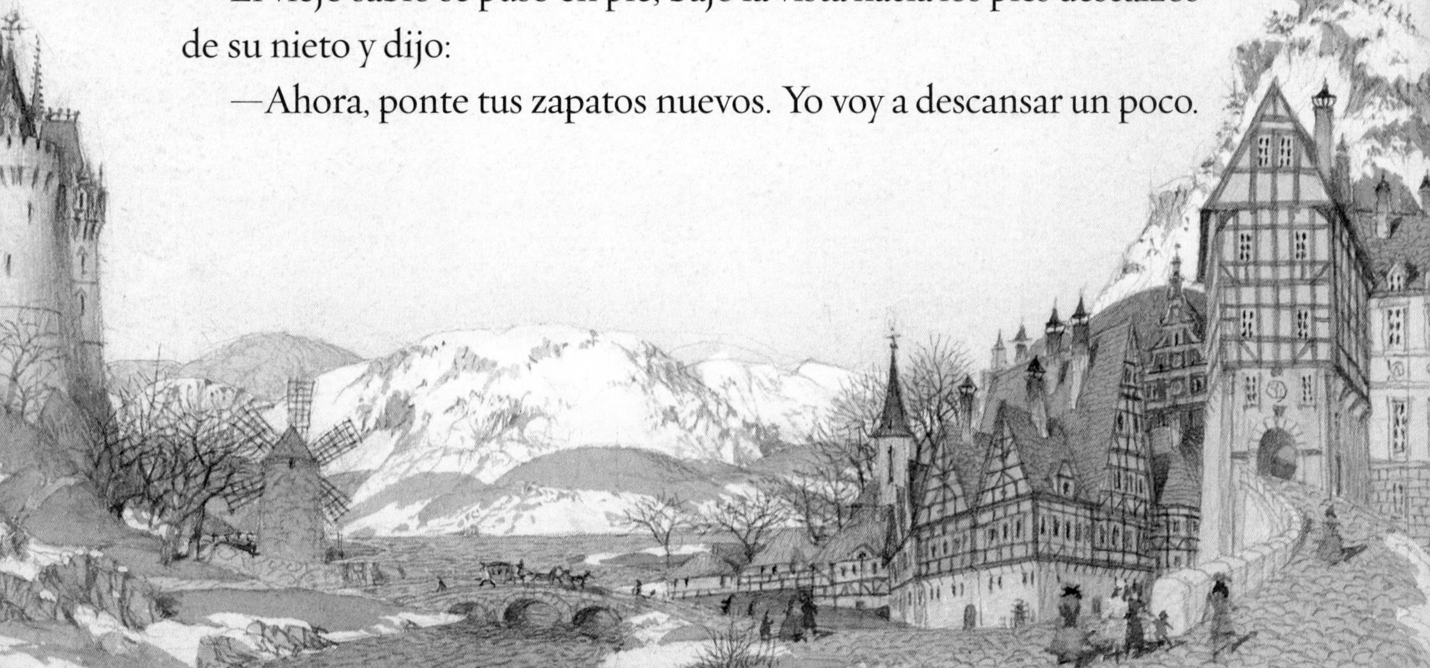

De pronto, se oyó a alguien llamando con fuerza a la puerta. Pavel corrió a abrirla pero no vio a nadie al otro lado.

—¡Oye! ¡Aquí abajo! —dijo alguien con una voz muy brusca.

Pavel miró abajo, y allí estaba Boris el Enano, con una expresión de culpabilidad en la cara.

—Éstas son tuyas, me parece —dijo Boris y mostró un par de sandalias viejas que escondía tras la espalda—. Ayer me las llevé de tu casa sin querer. Supongo que se me cayeron dentro del bolsillo, y como yooooo... pueeeees... huuuuum... no las necesito... pueeeees... huuuuum... ejem... te ruego que aceptes mis disculpas.

—Las acepto, pero quédate con ellas si quieres —contestó Pavel, mirando sus nuevos zapatos verdes—. A mí ya no me van a hacer falta.

Boris se sentía avergonzado. Se puso las sandalias, dijo "gracias" por primera vez en su vida y se fue por el camino dando pasitos apresurados.

Pavel rió mientras lo veía alejarse.

First published in 2004 as
Yakov and the Seven Thieves.
Designed by Toshiya Masuda and produced by Callaway Editions, New York

Yakov y los siete ladrones

Translated from English by Daniel Cortés.

ISBN 0-439-69887-1
www.madonna.com www.callaway.com www.scholastic.com

Distributed in Spanish in the United States by Scholastic Inc., 557 Broadway, New York, New York 10012.

10 9 8 7 6 5 4 3 2 1 04 05 06 07 08 09 10
Printed in the United States of America

Todos los beneficios que reciba Madonna de la venta de este libro se donarán a la Spirituality for Kids Foundation.

MADONNA RITCHIE nació en Bay City (Michigan) y tiene siete hermanos. Ha vendido doscientos millones de discos en todo el mundo y más de 25 de sus canciones llegaron a figurar en las listas de las Diez Mejores. Ha recibido tres Grammys y el premio Golden Globe por su interpretación en *Evita*. Vive con su esposo, el director de cine Guy Ritchie, y sus dos hijos, Lola y Rocco, en Londres y en Los Ángeles. Sus libros infantiles, *Las Rosas Inglesas* y *Las manzanas del Sr. Peabody*, se han editado en 40 idiomas, en más de 100 países, y han sido grandes éxitos de ventas.

GENNADY SPIRIN nació el día de Navidad, en una pequeña ciudad cerca de Moscú. Ha ilustrado 33 libros infantiles. Ha recibido cuatro medallas de oro de la sociedad de ilustradores, el Golden Apple y el Gran Premio de la Bienal Internacional de Bratislava y de Barcelona, respectivamente, y el primer premio de la Feria Internacional del Libro de Bolonia. Gennady Spirin vive en Nueva Jersey con su esposa y sus tres hijos.

SOBRE LAS FUENTES TIPOGRÁFICAS:

Para el texto se ha utilizado la fuente tipográfica Réquiem, un tipo de fuente que se originó en las inscripciones en mayúscula del manual de escritura de Ludovico Vicentino degli Arrighi, de 1523, *Il Modo de Temperare le Penne*. Arrighini fue un maestro escribano recordado como ejemplo de la cancillería itálica, un estilo revivido en la fuente Réquiem en bastardilla.

FIRST EDITION